マリーさんの虫メガネ

山部《やまべ》京子《きょうこ》　作《さく》
西川《にしかわ》知子《ともこ》　絵《え》

もくじ

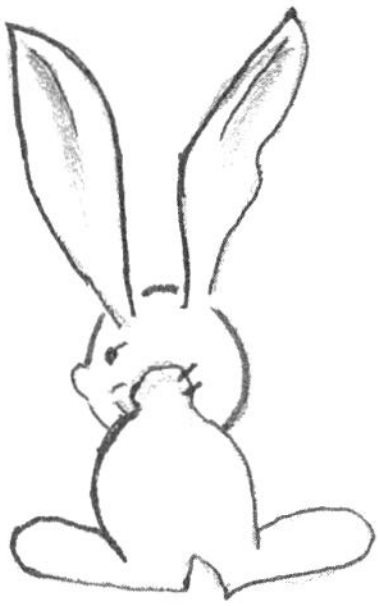

はじめての「なぎさ音頭《おんど》」

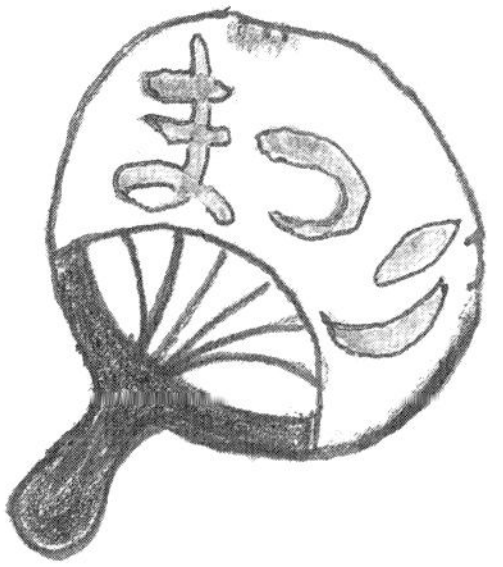

今夜は、なぎさ町の夏祭《まつ》り。
ドドン、ド、ドン！……おなかに響《ひび》くやぐらの太鼓《たいこ》に、ザザーンとよせる波《なみ》の音。
ちょうちん灯《あか》りがゆらゆらゆれて、屋台《やたい》から、おいしそうな匂《にお》いが漂《ただよ》っています。
「浜辺《はまべ》のお祭《まつ》りなんて、はじめて！」

新しいゆかたを着《き》た香奈《かな》は、わくわくして砂浜《すなはま》を見まわしました。

「わたしと同じ学年の子、いるかなあ？」

小学四年生の香奈《かな》は、お父さんの転勤《てんきん》で、生まれてからずっと住《す》んでいた青《あお》葉《ば》町から、このなぎさ町に引っ越《こ》してきたばかり。

新しい学校に入るのは二学期《がっき》からなので、まだ、だれも友だちがいません。

「お祭《まつ》りなら、きっとお友だちができるわよ」

お母さんにすすめられ、香奈《かな》は、期待《きたい》して砂浜《すなはま》に来たのでした。

「おじょうちゃん、盆踊《ぼんおど》りがはじまるよ」

ウチワをくばっていたおじさんが、教えてくれました。

やぐらの前に行くと、色とりどりのゆかたを着《き》た女の子たちや、ハッピ姿《すがた》の男の子たちが、ぐるりと踊《おど》りの輪《わ》を作っています。

香奈《かな》は、少しドキドキしながら、輪《わ》の中に入りました。

ドドン、ド、ドドン、ピーヒャララ……、おはやしがはじまり、踊《おど》りの輪《わ》が動《うご》き出します。

とたんに、香奈《かな》は、あれっ？　と足がとまりました。

「この踊《おど》り、青葉《あおば》町のとちがう……」

「ちょっと、ちゃんと踊《おど》ってよ！」

うしろの女の子が、ドンと背中《せなか》をおします。

まごまごした香奈《かな》は、たちまち輪《わ》の外にはじき出されてしまいました。

「おじょうちゃんは、よそから来たのかい？」

ウチワくばりのおじさんが、ニコニコしてそばにやって来ます。

「みんな上手《じょうず》だろ？　ここの子供《こども》会チームは、去年《きょねん》の地区《ちく》の盆踊《ぼんおど》り大会で優勝《ゆうしょう》したんだよ。今年も、この『なぎさ音頭《おんど》』で参加《さんか》するので、夏休みになってから、毎日練習《れんしゅう》してるんだよ」

香奈《かな》は、ぽかんとしてしまいました。

大会とか練習《れんしゅう》とか……まるで学校の行事《ぎょうじ》みたいではありませんか。

「おじょうちゃんも踊《おど》りたかったら、教えてあげるよ」

「あ、いいです……」

何だか気おくれした香奈《かな》は、そそくさとやぐらをはなれました。

マリーさんの宝物《たからもの》……?

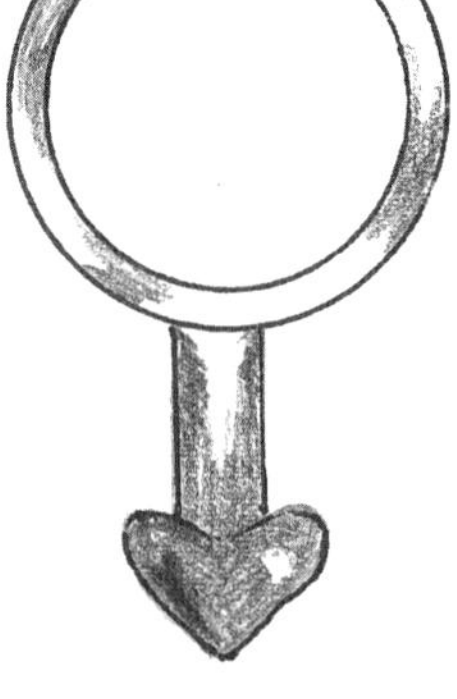

だれもいない砂山《すなやま》のところでふりかえると、みんな、ゆかたのソデさばきもあざやかに、堂々《どうどう》と踊《おど》っています。

「ほんとに上手《じょうず》だなあ……」

だけど、香奈《かな》だって、青葉《あおば》町のお祭《まつ》りでは、仲良《なかよ》しの由佳《ゆか》ちゃんといっしょに、みんなの先頭に立って踊《おど》っていたのです。

「由佳《ゆか》ちゃん、元気かなあ……」

香奈《かな》は、たまらなく寂《さび》しくなってしまいました。

暗《くら》い海の上には、金色のお盆《ぼん》のような月が、ピカピカ輝《かがや》いています。

香奈《かな》はふと、青葉《あおば》町のマリーさんから聞いた話を、思い出しました。

「暗《くら》やみには、人を怖《こわ》がらせたりケンカさせたりするのが好《す》きな魔物《まもの》が、いっぱいかくれているの。その魔物《まもの》たちが出てきて、いたずらしないように、満月《まんげつ》の夜になると、月に住《す》む銀《ぎん》のウサギたちが、魔物封《まものふう》じの銀《ぎん》の粉《こな》を作って、月の光にまぜて送《おく》ってくれるのよ」

マリーさんは、青葉《あおば》町でとなりの家に住《す》んでいた、きれいな銀髪《ぎんぱつ》のおばあさんです。

お父さんがアメリカ人、お母さんが日本人で、幼《おさな》いころから日本に住《す》んでいたというマリーさんは、日本語もとても上手《じょうず》。

不思議《ふしぎ》なことや、おもしろい物語《ものがたり》を、たくさん知っているので、香奈《かな》は、マリーさんのお話を聞くのが、楽しみだったのです。

「マリーさんのお話、また聞きたいなあ……。あ、そうだ」

香奈《かな》は、砂山《すなやま》の下に腰《こし》をおろして、帯《おび》の間にはさんでいた、銀色《ぎんいろ》のふちの小さな虫メガネを、ひっぱり出しました。

青葉町《あおばちょう》から引っ越《こ》すとき、友だちと別《わか》れるのがつらくて泣《な》いていた香奈《かな》に、マリーさんが、

「わたしの宝物《たからもの》よ。お守《まも》りに持《も》って行って。寂《さび》しくなったら、のぞいてごらんなさい」

と、プレゼントしてくれたものです。

香奈《かな》は、虫メガネを目にあててみました。

「うわ～、ボケボケ……」

レンズの向《む》こうの砂浜《すなはま》や海は、にじんだようにぼうっとかすみ、遠くの月は、

金色のブヨブヨのおせんべいみたいに見えます。

香奈《かな》は、がっかりしました。

マリーさんの宝物《たからもの》というので、ちょっと期待《きたい》したのですが、やはりただの虫メガネのようです。

「マリーさん、どうしてこれが宝物《たからもの》なの？」

香奈《かな》が、つぶやいたときです。

月の銀《ぎん》のウサギ

キラッ……☆

海の上の空で何か光った気がして、香奈《かな》は、ハッと、虫メガネをのぞきなおしました。

「あらっ……?」

さっきまでぼやけていた景色《けしき》が、大きく、くっきりと見えるではありませんか。

光ったのは、空からふってきた銀色《ぎんいろ》の棒《ぼう》のようなもので、海にポチャンと落《お》ち、水にうつる月のふちにひっかかって、プカプカ浮《う》いています。

「何だろう……?」

香奈《かな》が目をこらすと、こんどは月の光を伝《つた》って、銀色《ぎんいろ》に跳《は》ねるものが、ぴょん、ぴょん……とおりてきました。

「えっ、あれはウサギ？　まさか……でも、やっぱりウサギだわ！」

全身《ぜんしん》が美《うつく》しい銀色《ぎんいろ》に光るウサギは、海におりると、あたりをキョロキョロしています。

「あ、きっと、あの棒《ぼう》を捜《さが》してるのね」

香奈《かな》は、思わず声をかけていました。

「ウサギさーん！　そっちよ。もっと右の、お月さまがう

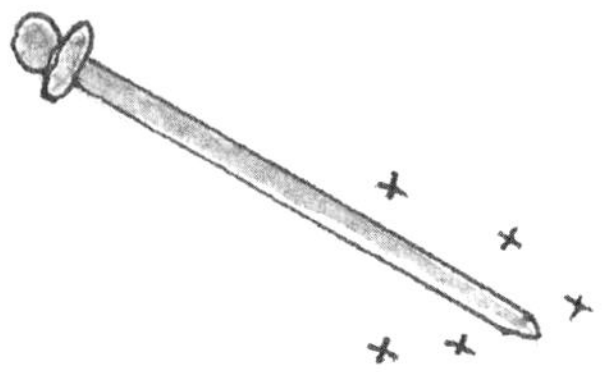

つってるところ」

香奈《かな》の声に、驚《おどろ》いてふり向《む》いたウサギは、ルビーのような目を、パチクリさせました。

「きみには、ぼくが見えるのかい？　ああ、それか……きみは、ウサギのレンズを持《も》ってるんだね」

「ウサギのレンズ……？」

「きみが持《も》ってる、そのレンズだよ」

「この虫メガネのこと？」

「それは、ぼくら月のウサギとの通信用《つうしんよう》のレンズだよ。どこで手に入れたんだい？」

「青葉《あおば》町のマリーさんから、もらったの」

「青葉《あおば》町のマリーさんだって！」

ウサギは、急《きゅう》にうれしそうに、ぴょんぴょんと、香奈《かな》の前に跳《は》ねてきました。

「マリーさんは、ぼくらの昔《むかし》からの友だちだよ。そのレンズは、ずうっと前に、ぼくがマリーさんにあげたものなんだ」

「え……？」

「マリーさんは、もうそのレンズがなくても、心のレンズで、ぼくらと話ができるから、いつか大事《だいじ》な友だちにあげるって言ってたけど、それがきみだったんだね」

香奈《かな》は、びっくりしました。

月のウサギが本当にいて、マリーさんと昔《むかし》からの友だちだったなんて！

「きみ、名前は何て言うの？」

「香奈《かな》。香《かお》りの香《か》に奈良《なら》の奈《な》って書くの。奈良《なら》にいるおじいちゃんがつけてくれたのよ」

「香奈《かな》ちゃんか、いい名前だね」

「ウフフ、マリーさんにも、そう言われたわ」

お気に入りの名前をほめられて、心がほぐれた香奈《かな》は、マリーさんから聞いた話を、確《たし》かめてみたくなりました。

「ねえ、ウサギさん。ウサギさんたちは、満月《まんげつ》の夜に、魔物封《まものふう》じの銀《ぎん》の粉《こな》を作ってるって、ほんと?」

「そうだよ。今夜も、それを作ってるうちに、うっかり、かきまぜ棒《ぼう》を落《お》っことしちゃって……あ、あった!」

さっき香奈《かな》が教えたところに跳《は》ねて行ったウサギは、長い耳で、銀色《ぎんいろ》の棒《ぼう》を引きよせました。

「魔物封《まものふう》じの銀《ぎん》の粉《こな》を作れるのは、満月《まんげつ》のときだけだからね。ぼくらも、忙《いそが》しくて目がまわりそうなんだ。よいしょっと……」

ウサギは、拾《ひろ》い上げた銀《ぎん》の棒《ぼう》をブンブンふって、水をはらい落《お》とすと、ぴょこんと頭を下げました。

「ありがとう。きみのおかげで、すぐに見つかって、助《たす》かったよ。じゃあね……」

「あ、待《ま》って、ウサギさん」

香奈《かな》は、もうひとつ聞いてみたくなって、ウサギを引きとめました。

「魔物《まもの》って、どこにかくれてるの？」

「どこにだっているさ。ほら、きみのそばにも二、三匹《びき》いるよ」

「えっ、どこどこ？」

香奈《かな》は、ゾクッとして、まわりを見まわしました。

ウサギが笑《わら》います。

「大丈夫《だいじょうぶ》だよ。銀《ぎん》の粉《こな》でしっかり封《ふう》じているから。それに、魔物《まもの》は魔物《まもの》だけでいるうちは、いたずら好《ず》きの小さなカゲみたいなもんで、怖《こわ》くはないんだ。けど……」

ウサギは、少し声をひそめました。

「エサになる人間にとりつくと、その人といっしょに、とんでもない怪物《かいぶつ》に変身《へんしん》しちゃうことがあるんだよ」

「えっ、魔物《まもの》って、人間をエサにするの？」

「魔物《まもの》のエサになるのは、人間の心の畑《はたけ》にはえる雑草《ざっそう》さ」

「心の畑《はたけ》にはえる雑草《ざっそう》……？」

「ほら、きみだって、ちょっとぐらい友だちとケンカしたり、いじわるするこ
とも、あるだろ？」
香奈《かな》は、ドキッとしました。
青葉町《あおばちょう》にいたころ、仲良《なかよ》しの由佳《ゆか》ちゃんとは、よくケンカもしました。
何でもできる由佳《ゆか》ちゃんに、なかなかかなわないくやしさで、ほかの友だち
に、悪口《わるぐち》を言ってしまったこともあります。
香奈《かな》は、きまり悪《わる》そうにいいました。
「ウサギさん、見てたの？」
「見てなんかいないよ」
ウサギが、おかしそうに耳をふります。
「そのぐらいの雑草《ざっそう》は、だれの心にでも生えるってことさ。でも、そういう小
さい雑草《ざっそう》は、生えやすいけど、すぐに枯《か》れちゃうから、魔物《まもの》のエサになる心配《しんぱい》

はないんだ」

「ふうん？　あ、だけど……」

香奈《かな》は、ふと不安《ふあん》になりました。

「ケンカしたときって、いつも少し胸《むね》が痛《いた》くなるの。それって、もしかして、魔物《まもの》に食べられてるんじゃないかしら？」

「いいや、雑草《ざっそう》が生えれば、かならず痛《いた》くなるのさ。その痛《いた》みは、雑草《ざっそう》を枯《か》らして、心の肥料《ひりょう》にするっていう、大事《だいじ》な役目《やくめ》もあるんだよ」

「心の肥料《ひりょう》……？」

「心の畑《はたけ》では、小さな雑草《ざっそう》が枯《か》れるたびに、それが肥料《ひりょう》になって、新しい花が咲《さ》くんだ。きみも、ケンカのあとで、その友だちと、かえって仲良《なかよ》くなったってこと、ないかい？」

「あっ、あるわ！　仲《なか》なおりすると、いつのまにか痛《いた》いのも消《き》えていくの」

「雑草《ざっそう》が枯《か》れて、新しい花が咲《さ》いた証拠《しょうこ》だよ。そういうことを繰《く》り返《かえ》しながら、みんな、心の花畑《はなばたけ》を育《そだ》てているのさ。だから、雑草《ざっそう》だって、心の大事《だいじ》な一部《いちぶ》なんだよ」

香奈《かな》は、ふっと心が温《あたた》かくなりました。

由佳《ゆか》ちゃんと心の畑《はたけ》に咲《さ》かせた花が、今も咲《さ》き続《つづ》けているとしたら、何てステキなことでしょう。

「だけど、ウサギさん？」

香奈《かな》は、また心配《しんぱい》になって聞きました。

「人間の心の雑草《ざっそう》を食べた魔物《まもの》が、怪物《かいぶつ》に変身《へんしん》することがあるって言ったでしょ？」

「それは、痛《いた》みを感じなくなった人の心で

枯《か》れずに大きくなった雑草《ざっそう》を、魔物《まもの》が食べてしまったときだよ」

「痛《いた》みを感じなくなった人……？」

「うん、たまにいるんだよね」

ウサギは、ため息《いき》をつきました。

「そういう人の心で大きくなった雑草《ざっそう》は、魔物《まもの》を狂《くる》わせる毒《どく》のエサになって、とりついた人もろとも、怖《こわ》い怪物《かいぶつ》に変身《へんしん》しちゃうことがあるんだ」

「怖《こわ》い怪物《かいぶつ》って……？」

「いちばん怖《こわ》いのは、人殺《ひとごろ》しや戦争《せんそう》が好《す》きな怪物《かいぶつ》かな」

「戦争《せんそう》……」

「あ、きみは戦争《せんそう》なんて知らないよね」

「でも、マリーさんから、聞いたことはあるわ……」

香奈《かな》は、声をくもらせました。
「マリーさんは、わたしと同じ年ぐらいのとき、広島《ひろしま》に住《す》んでいて、原爆《げんばく》で、お父さんもお母さんもお兄さんも死《し》んじゃって、ひとりぼっちになってしまったんですって……」
孤児《こじ》の施設《しせつ》に入れられたマリーさんは、お父さんがアメリカ人だったため、敵国《てきこく》の子だと、さんざんいじめられたそうです。
「戦争《せんそう》ってね、同じ人間同士《どうし》が憎《にく》しみ合って、敵国《てきこく》の人なら、爆弾《ばくだん》や鉄砲《てっぽう》で殺《ころ》しても、なぜか良《よ》いことになってしまうのよ……」

マリーさんは、とても悲《かな》しい顔で、そう話していました。

「ぼくが、ウサギのレンズを、マリーさんにあげて友だちになったのは、そのころだよ。いじめられて、ひとりぼっちで泣《な》いていたマリーさんが、あんまりふびんでさ……」

香奈《かな》は、ひとりぼっちで泣《な》いていた、子ども時代《じだい》のマリーさんを、思いうかべました。

家族《かぞく》がみんな亡《な》くなっただけでも、胸《むね》がつぶれるほど悲《かな》しいことなのに、敵国《てきこく》の子だといじめられたなんて、どんなにつらかったでしょう……。

もし、自分がそうなったら、たえられるかしら？　今、友だちがいないだけでも、こんなに寂《さび》しいのに……。

「イヤだな、戦争《せんそう》なんて……」

香奈《かな》は、身《み》ぶるいして首をふりました。

「なのに、戦争《せんそう》ゲームをやって、おもしろがっている男の子たちもいるのよ。今日は何人殺《なんにんころ》したとか、死《し》んだとか、平気《へいき》で言ってるし」

「そんなことが、本当に自分の身《み》に起《お》きるはずないって、安心《あんしん》してるからさ。ゲームのうちは、なぐられても痛《いた》くないし、死《し》んでも生きかえるからね。ただ……」

ウサギは、眉《まゆ》を寄《よ》せて、長い耳をひねりました。

「ゲームだと思ってておもしろがってるうちに、いつのまにか痛《いた》みにどん感《かん》になって、心の雑草《ざっそう》を大きくしてしまうこともあるんだよ。だから、そういう人間にとりつかないように、魔物《まもの》には気の毒《どく》だけど、銀《ぎん》の粉《こな》で、しっかり封《ふう》じておかなくちゃならないんだ。おっと、こうしちゃいられない……」

ウサギは、思い出したように、ぴょんと、とび上がりました。

「こんどマリーさんに会ったら、きみと友だちになったこと、話しておくよ」

銀色《ぎんいろ》の耳をふってあいさつしたウサギは、大急《おおいそ》ぎで、ぴょん、ぴょーん……と、月の光をかけのぼって行きました。

ウサギが月の中に戻《もど》ると、香奈《かな》は、ほうっと息《いき》をついて、虫メガネを目からはなしました。

天文学者二世《てんもんがくしゃにせい》の明《あきら》くん

ドドン、ド、ドン……、ピ～ヒャララ……

遠くなっていたおはやしの音が、一気に耳にもどってきます。

少しすると、休憩《きゅうけい》に入り、みんなが屋台《やたい》の方に行くのが見えましたが、香奈《かな》は、静《しず》かな砂山《すなやま》の下に腰《こし》をおろしたまま、虫メガネを、そっと両手《りょうて》ではさみました。

「マリーさんが、これを宝物《たからもの》だって言ってたのが、わかったわ……こんな大事《だいじ》なものを、わたしにくれたのね」

マリーさんの優《やさ》しさに、胸《むね》がじんとなったときです。

「おい！」

ふいに砂山《すなやま》の上から声がして、だれかが、スタッと飛《と》びおりてきました。

「あっ……」

香奈《かな》は、はじかれたように立ち上がりました。

T《ティー》シャツの上にハッピをはおった背《せ》の高い男の子は、となりの家の明《あきら》くんです。

小学六年生の明《あきら》くんを、はじめて見たのは、引っ越《こ》してきた日の夜。

となりの家のベランダで、有名《ゆうめい》な天文学者《てんもんがくしゃ》だというお父さんと一緒《いっしょ》に、天体望遠鏡《ぼうえんきょう》をのぞいているのを見かけたときは、ちょっぴりカッコいいなーと、思ったのです。

ところが、次《つぎ》の日、香奈《かな》とお母さんが引っ越《こ》しのあいさつに行くと、明《あきら》くんは、友だちとゲームの真《ま》っ最中《さいちゅう》。

よろしくと、あいさつした香奈《かな》たちを、ふり向《む》きもせずに、「死《し》ね！」だの「やられたあ！」だのと大さわぎしているので、すっかりイメージがくるってしまったのでした。

明《あきら》くんは、虫メガネに、チラッと目をやりながら、からかうようにききます。

「おまえ、そんなもんで、何見てたんだ？」

「え、あの……」

香奈《かな》は、口ごもりました。天文学者《てんもんがくしゃ》の息子《むすこ》の明《あきら》くんに、月のウサギに会ったなんて、何だか言いにくい気がします。

「何でもない」

香奈《かな》は、急《いそ》いでその場をはなれようとしました。けれども、明《あきら》くんが、通せんぼするように、前にまわります。

「おまえが、それをのぞきながら、しゃべってるのを、おれ、ずっと見てたんだぞ」

「えっ……」

驚《おどろ》いた香奈《かな》は、思わず聞き返《かえ》しました。

「じゃあ、わたしたちの話もきいてたの？」

つい言ってしまった香奈《かな》に、明《あきら》くんが、ニヤリとします。

「ほーら、やっぱりな」

香奈《かな》は、しまった！　と思いました。

「単純《たんじゅん》なやつ」

明《あきら》くんが、バカにしたように言います。

「はじめみたときから、トロいと思ったけど、こりゃ大トロだぜ」

香奈《かな》は、さすがにムッとしました。

はじめ見たときから、ですって？　ろくにこっちも見なかったくせに！

だんだん腹《はら》が立ってきた香奈《かな》は、由佳《ゆか》ちゃんが、男の子とケンカするときのことを、思い出しました。

勝気《かちき》で頭も口もよくまわる由佳《ゆか》ちゃんは、ケンカでも、男の子に負《ま》けたことがありません。

腹《はら》が立った勢《いきお》いで、香奈《かな》は、由佳《ゆか》ちゃんの口調《くちょう》をマネして、言い返《かえ》しました。

「た、単純《たんじゅん》で悪《わる》かったわね。そっちこそ、人をひっかけるみたいな言い方して、ひきょうじゃない。男らしくないのねえ」

「な、なんだって？」

効果《こうか》てきめん。明《あきら》くんは、急《きゅう》にきびしい顔になりました。

由佳《ゆか》ちゃんは、ここで相手《あいて》がどんなになってても、おどかしてきても、おそれたりメソメソしたりはしません。

相手《あいて》が高飛車《たかびしゃ》に出るほど、けいべつをこめて、こう言うのです。

「自分に自信《じしん》がない人ほど、ひきょうな手をつかうのよね。なぐりたいの？いいわよ、やってごらんなさい。女の子をなぐったりしたら、あんたは、ひきょうな上に、最低《さいてい》の男の子だっていう証明《しょうめい》よ」

そう言われては、なかなか手を出せるものではありません。

ふり上げたこぶしのやりどころがなくなった男の子は、「おぼえてろ！」と、にらむのが関《せき》の山。

「おぼえててあげるわよ」

由佳《ゆか》ちゃんは、余裕《よゆう》たっぷりに勝利《しょうり》のほほえみをたたえるのです。

さて、香奈《かな》は、由佳《ゆか》ちゃんそっくりに、やってみようとしました。

だけど、何か勝手《かって》がちがいます。

明《あきら》くんは、きびしい顔になったものの、挑発《ちょうはつ》に乗ってどなったり、こぶしを上げてみせたりはしません。

黙《だま》ってじっと香奈《かな》の顔を見ていたかと思うと、いきなりそばにやってきて、虫メガネを持《も》っている手を、下からバッとはね上げました。

「あっ……！」

ふいをつかれた香奈《かな》の手から、虫メガネが飛《と》んで、明《あきら》くんの足もとに落《お》ちます。

香奈《かな》は、あわてて拾《ひろ》おうとしましたが、明《あきら》くんの足が、先に虫メガネを押《お》さえてしまいました。

「やめてっ、こわさないで！」

香奈《かな》は、オロオロとさけびました。

マリーさんからもらった、大事《だいじ》な大事《だいじ》な虫メガネです。

「返《かえ》してほしいか。返《かえ》してほしかったら、おれの聞いたことに答えろよ。言わないと……」

グッと力をいれた明《あきら》くんの足の下で、虫メガネが、ミリッと悲鳴《ひめい》をあげます。

もう、由佳《ゆか》ちゃんのマネをしているどころではありません。

いつもの香奈《かな》にもどった香奈《かな》は、泣《な》きそうになりながら、たのみました。

「わ、わかったわ。話すから、お願い！　それを返《かえ》して……」

「じゃあ、話してみろよ」

明《あきら》くんが、いくらか足の力をゆるめます。

虫メガネを返《かえ》してもらいたい一心で、香奈《かな》は、しぶしぶ、月のウサギのことを話しはじめました。

とたんに、明《あきら》くんがさえぎります。

「月のウサギだって？　おまえ、そんなウソ、よーくつけるな」

「ウソじゃないわ。信《しん》じてもらえないかもしれないけど……」

「あったりまえだ。信《しん》じられるわけねえだろ」

ほらね、だから言いたくなかったのよ……と、香奈《かな》は、心の中でつぶやきました。

「わたしだって、自分で見なきゃ、信《しん》じられなかったわよ。でも、ほんとに、ウサギさんがいたんだもん」

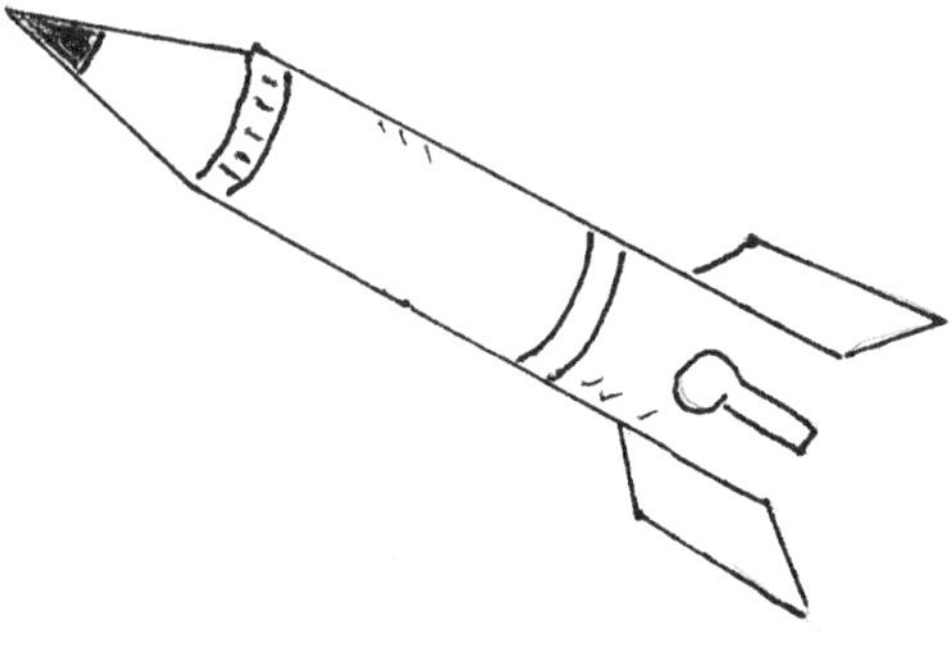

「チェッ、でたらめばっか！　いいか」

と、明《あきら》くんは、先生のようにうでぐみをして、胸《むね》をそらせました。

「月には空気がないから、ウサギどころか、生物《せいぶつ》なんて住《す》めないんだ。大昔《おおむかし》の人が、ウサギがもちをついてる、なんていってたのは、クレーターっていうアナボコのカゲなんだぞ。一九六九年には、アポロ11号《ごう》に乗《の》って月に行ったアメリカの宇宙飛行士《うちゅうひこうし》が、ちゃんと月面着陸《げつめんちゃくりく》して、確《たし》かめてるし、今《いま》は、月探査機《つきたんさき》の画《が》像《ぞう》だってあるんだからな」

天文学者《てんもんがくしゃ》二世《せい》らしく、明《あきら》くんは、こういう話が得意《とくい》なようです。

しかし、香奈《かな》も、負《ま》けてはいられません。

「そんなこと、わたしだって知ってるわよ。けど、わ

たし、ほんとに見たんだもん。見たものは見たんだから、しかたないでしょ！」

すると、明《あきら》くんの口がポカッとあきました。その口がパクパクしたかと思うと、明《あきら》くんの顔は、ユデダコのようにまっ赤になりました。

「この、大ウソつきっ！」

大声とともに、明《あきら》くんの手が上がり、次《つぎ》の瞬間《しゅんかん》、香奈《かな》は、どうん！　と、砂《すな》の上に突《つ》き飛《と》ばされていました。

倒《たお》れた拍子《ひょうし》に、ゆかたのそでがビリッと破《やぶ》れ、口に入った砂《すな》が、ジャリジャ

りします。

「ひ、ひどい……」

ショックとくやしさで、香奈《かな》は、ふるえながら、明《あきら》くんをにらみ上げました。

由佳《ゆか》ちゃんとは、何という展開《てんかい》のちがいでしょう。

こみ上げそうになる涙《なみだ》をこらえながら、香奈《かな》は、やっとの思いで言いました。

「あ、あんたの心には、大きな雑《ざっ》草《そう》が、ウジャウジャ生えてるんだわ……あんたみたいな人は、そ、そのうち魔物《まもの》のエサにされて、怪《かい》物《ぶつ》になっちゃうんだから！」

「ふ、ふん……何わけのわかんないこと言ってんだよ……」

イライラと言った明《あきら》くんですが、その声からは、人をぶっ飛《と》ばした勢《いきお》いは消《き》えて、少し戸惑《とまど》ったように、自分の手を見たり胸《むね》をさすったりしています。

魔物封《まものふう》じの大バトル！

そのときです。

「おおい、香奈《かな》ちゃーん……」

遠くから、かすかな声がきこえた気がして、香奈《かな》は、ハッとあたりを見まわしました。

「だれか、わたしを呼《よ》んだ？」

「ぼくだよ……月のウサギだよ……」

「ウサギさん？　どこ？　どこにいるの……？」

「月の中だよ……声がちゃんと届《とど》くように、レンズを見て！　大至急《だいしきゅう》、きみに協力《きょうりょく》してほしいことがあるんだ」

何やら緊急事態《きんきゅうじたい》のようです。

「おまえ、何ブツブツ言ってんだ？」

いぶかしげな明《あきら》くんの足の下から、香奈《かな》は、夢中《むちゅう》で虫メガネを引っぱり取《と》りました。

「あっ、こいつ！」

明《あきら》くんが、取《と》り返《かえ》そうとします。

また砂《すな》の上に倒《たお》されそうになりながら、香奈《かな》は、けんめいに虫メガネを月にかざして、のぞき込《こ》みました。

満月《まんげつ》のふちで、ウサギがあわてたようすで、かきまぜ棒《ぼう》をふっています。

「どうしたの？　ウサギさん」

「魔物《まもの》が一匹《ぴき》にげ出したんだ。大きい雑草《ざっそう》のエサを食べていて、毒《どく》の力が強いから、ふつうの銀《ぎん》の粉《こな》じゃ封《ふう》じきれないんだよ」

「えーっ、たいへん！」

「今、そのへんに行ったはずだから、きみのレンズで捜《さが》してくれないか？」

「わかったわ！」

香奈《かな》は、取《と》り上げようとする明《あきら》くんから、必死《ひっし》に虫メガネを守《まも》りながら、あたりをのぞきまわしました。

「あっ、いた！」

黒いモヤモヤっとしたものが、ちょうちんのあいだを、ササッと動《うご》いています。

「いたわよ、ウサギさん。ちょうちんの

ところ！」

「よし、そいつを見張《みは》ってて。今、毒《どく》を消化《しょうか》させる特製《とくせい》の銀《ぎん》の粉《こな》を送るから……」

ウサギは、ひとつかみの銀《ぎん》の粉《こな》を、ボールのように丸めると、かきまぜ棒《ぼう》をバットにして、パカーン！　と打《う》ってよこしました。

ギュ、ギュ、ギューーン……、キラキラの銀《ぎん》の粉《こな》のボールが、魔物《まもの》の方にせまります。

気がついて、ササッ……と、にげる魔物《まもの》。

「あっ、おしい！」

もうちょっとのところで、銀《ぎん》の粉《こな》は、魔物《まもの》をはずしてしまいました。

「ウサギさん、砂山《すなやま》の方ににげたわ！」

「ようし、もういっちょう！」

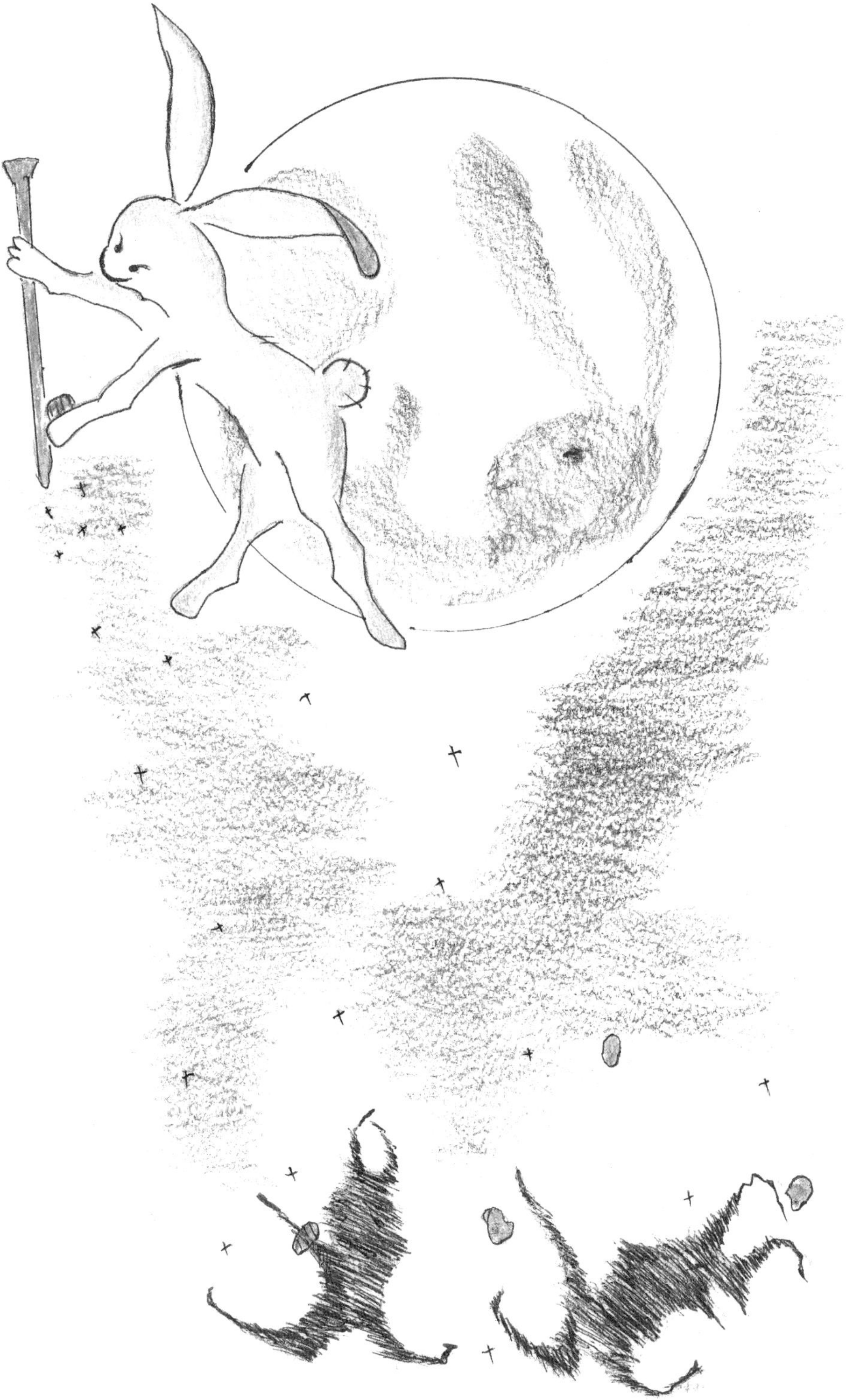

パカーン！　ギュ、ギュ、ギュ、ギューン……、パシュッ……ササッ。

「ああ、もうちょっとなのに……」

「何言ってんだよ、何見てんだよ！」

明《あきら》くんが、横《よこ》からどなります。

「だから、魔物《まもの》がにげたのよ！」

魔物《まもの》と銀《ぎん》の粉《こな》の追《お》っかけっこに、気をとられた香奈《かな》は、ケンカをしていたことも忘《わす》れて言いました。
「そこにいるでしょ。ほら」
ほら、といわれても、明《あきら》くんには、何のことかわかりません。
「何なんだよ、見せろよ！」

明《あきら》くんは、香奈《かな》から、強引に虫メガネをひったくると、自分でのぞいてみました。

「あっ……な、何だぁ？」

モヤモヤとした黒いカゲと、それをめがけて、月から銀《ぎん》のボールのホームランをかっとばしている、銀《ぎん》のウサギが見えます。

ギューン……パシュッ、ササッ……。ギュ、ギュ、ギューン……パシュ、パシュッ、ササササッ……

銀《ぎん》のボールと黒いカゲの、大バトルです。

「すげえ！　大画面《だいがめん》のゲームみたいだ」

そんなことを言って、たちまち興奮《こうふん》した明《あきら》くんは、

「そっちだ！　……おしい！　もっと、こっちだ、こっち！」

などと、大さわぎしています。

「ちょっと、返《かえ》してよ！」

香奈《かな》は、虫メガネを取《と》り戻《もど》そうとしましたが、明《あきら》くんも、なかなかはなしません。

二人が、うばいあうように虫メガネをのぞくうち、ついに、へとへとになった魔物《まもの》が、明《あきら》くんのうしろに、かくれました。

「よし、そこの男の子、動《うご》かないで！」

ウサギが命《めい》じます。

「決《き》め玉だよ、それっ！」

パッカーン！　ギュ、ギュ、ギュ、ギュ、ギュ、ギューン……、まぶしいまぶしい銀《ぎん》の粉《こな》のかたまりが、まっしぐらに、明《あきら》くんめがけてふってきました。

「うわ、うわっ……」

一瞬《いっしゅん》、目がくらんだ明《あきら》くんは、銀《ぎん》の粉《こな》のかたまりを、まともにあびて、魔物《まもの》

もろとも、ズッデーン！　と、しりもちをついてしまいました。

「あっ、大丈夫《だいじょうぶ》？」

香奈《かな》がかけよると、のびている明《あきら》くんの下から、銀《ぎん》の粉《こな》まみれになった魔物《まもの》が、よろよろとあらわれ、暗《くら》がりの中に、シューッ……と、すいこまれて行きます。

香奈《かな》は、明《あきら》くんの手から虫メガネを取《と》ると、急《いそ》いで月を見上げました。

「ウサギさーん、魔物《まもの》はどうなったの？」

「おかげさんで無事《ぶじ》封《ふう》じたよ。このましばらくおとなしくしていれば、雑草《ざっそう》の毒《どく》も消化《しょうか》して、怪物《かいぶつ》に変身《へんしん》しないですみそうだよ」

「よかったー。あ、ねえ、ここにいる明《あきら》くんが、魔物《まもの》といっしょに、銀《ぎん》の粉《こな》をあびちゃったんだけど、大丈夫《だいじょうぶ》かしら？」

「心配《しんぱい》ないよ。銀《ぎん》の粉《こな》は、人間に害《がい》はないんだ。ただ、さっきの決《き》め玉は、光が強かったから、光アレルギーのクシャミが出るかもしれないけどね」

ウサギの言うとおり、気がついた明《あきら》くんが、クシャミをしながら、起《お》き上がりました。

「ヘックション、ヘーックション！　……あれ？　魔物《まもの》とかいうやつは？」

「ちゃんと封《ふう》じたって。ほら……」

香奈《かな》は、明《あきら》くんに虫メガネをわたしました。

明《あきら》くんがのぞくと、ウサギが、かきまぜ棒《ぼう》をふって、おじぎをします。

「協力《きょうりょく》、ありがとう。きみは、香奈《かな》ちゃんの友だちだから、ぼくらとも友だちだね。今後ともよろしく。じゃあ、今夜は忙《いそが》しいので、これで失礼《しつれい》するよ」

明《あきら》くんが、キョトンとしているうちに、ウサギは、ぴょん、ぴょんと、月の中に消えて行ってしまいました。

新しい花が咲《さ》くとき

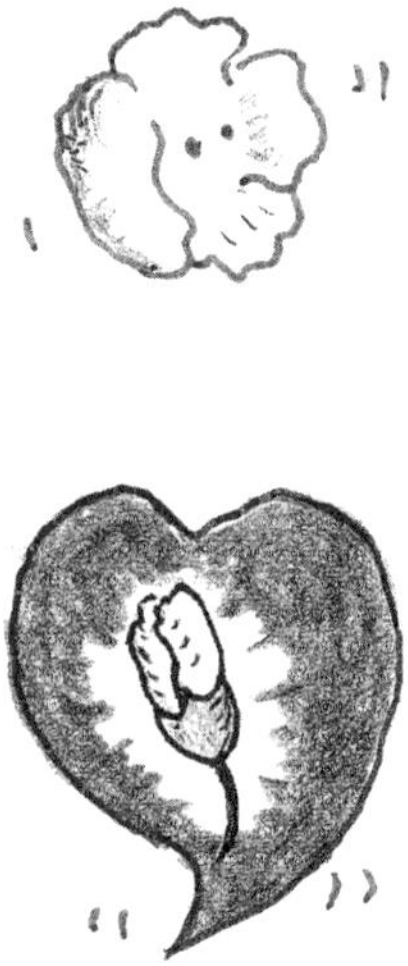

しばらくぼうっとしていた明《あきら》くんは、やがて虫メガネをおろして、ゆっくり香《か》奈《な》の方に向《む》きなおりました。

「さっきは……ヘックション、ごめん……」

「ううん……わたしも……」

ごめんなさい……、と言いかけた香《か》奈《な》は、思わず吹《ふ》き出しそうになりました。

だって、明《あきら》くんの鼻《はな》は、銀《ぎん》の粉《こな》がたっぷりついて、電気のようにピカピカ光っているのです。

ん？　……と、明《あきら》くんが、胸《むね》のあたりをトントンたたきました。

「どうしたの？」

「何かこのへんが痛《いた》かったのがラクんなった気がして……」

「あ、わたしも……」

つられて胸《むね》をトントンした香奈《かな》は、そうか！　と、うれしくなりました。

きっと心の雑草《ざっそう》が枯《か》れて、新しい花を咲《さ》かせる肥料《ひりょう》になってるにちがいありません。

「あのさ……クション！」

明《あきら》くんが、ピカピカの鼻《はな》をこすりながら言いました。

「明日、おれん家《ち》に来いよ」

「え？」

「明日の夜は、近所《きんじょ》の小学生たちが、うちに集《あつ》まって、『星を見る会』をすることになってるんだ、ヘクション！　そんとき、おまえのこと、みんなに紹介《しょうかい》するよ」

香奈《かな》は、びっくりして、明《あきら》くんを見つめました。

ピカピカの鼻《はな》でも、今の明《あきら》くんは、何てカッコいいのでしょう！

「いっけね！　おれ、もう行かなくちゃ。明日の準備《じゅんび》を手伝《てつだ》うって、おやじと約束《やくそく》してたんだ。あ、これ……」

少し照《て》れたように、虫メガネを返《かえ》してくれる明《あきら》くん。

「うん！　明日、ぜったいに行くね」

「集合《しゅうごう》は七時だから。じゃあな……」

かけ出して行く明《あきら》くんを見送《みおく》った香奈《かな》は、虫メガネを、ギュッと抱《だ》きしめました。

「マリーさん、ありがとう。この虫メガネのおかげで、月のウサギさんと友だちになれたわ。それから、明《あきら》くんとも……」

空を見上げると、満月《まんげつ》は、銀《ぎん》の粉《こな》を作るウサギたちの熱気《ねっき》で、ますます輝《かがや》きをましたようです。

香奈《かな》は、ふと思いました。

「わたしもいつか、マリーさんのように、心のレンズで、月のウサギさんたちと話ができるようになりたいな……」

もしみんなが、心のレンズで、月のウサギと友だちになれたら、心の雑草《ざっそう》が魔物《まもの》のエサになる前に気がついて、マリーさんのように悲《かな》しい思いをする戦争《せんそう》も、起《お》きなくなるかもしれません……。

ド、ドン！　ピ～ヒャララ……

再《ふた》びはじまったおはやしに、やぐらのまわりには、また華《はな》やかな踊《おど》りの輪《わ》ができています。

「ようし、わたしも『なぎさ音頭《おんど》』に挑戦《ちょうせん》してみようっと！」

明るくふくらんだ香奈《かな》の心に、新しい花が、ほがらかに咲《さ》いたようでした。

（おわり）

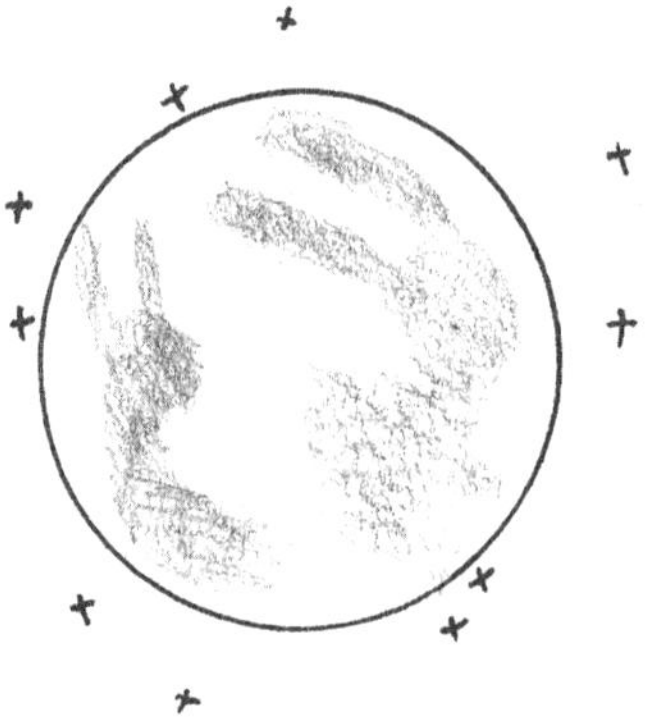

山部 京子 （やまべ きょうこ）

1955年宮城県仙台市生まれ。宮城学院高等学校卒業後、
ヤマハ音楽教室幼児科＆ジュニア科講師を７年ほど勤める。
結婚と同時に神奈川県横浜へ。その後石川県金沢市に移り現在に至る。
子どもの頃から犬や動物、音楽や読書が大好き♪
1989年少女小説でデビュー。きっかけは結婚後共に暮らした
愛犬ムサシの日記の一部を出版社に見せたことから。
日本児童文芸家協会会員。動物文学会会員。

◆主な著書

『あこがれあいつに恋気分』〔ポプラ社〕（1989年）
『あしたもあいつに恋気分』〔ポプラ社〕（1991年）
『心のおくりもの』〔文芸社〕（2002年）
『12の動物ものがたり』〔文芸社〕（2008年）
『わんわんムサシのおしゃべり日記』〔文芸社〕（2008年）
『夏色の幻想曲』〔文芸社〕（2009年）
『素敵な片想い』［文芸社］（2012年）
『クリスマスのグリーンベル』［文芸社］（2014年）
『ライオンのなみだ』［文芸社］（2016年）

西川 知子 （にしかわ ともこ）

中央美術協会・会員
横浜在住

NDC913
山部京子・著
神奈川　銀の鈴社　2016
64P　21cm（**マリーさんの虫メガネ**）

定価＝一、四〇〇円＋税

鈴の音童話
マリーさんの虫メガネ

二〇一六年十一月二十三日　初版
著　者――山部京子©　絵・西川知子
発　行――㈱銀の鈴社　http://www.ginsuzu.com
発行人――柴崎　聡・西野真由美
〒248-0005　神奈川県鎌倉市雪ノ下三-八-三三
電　話0467(61)1930
FAX0467(61)1931
〈落丁・乱丁本はおとりかえいたします〉

ISBN978-4-87786-459-0　C8093

印刷・電算印刷　製本・渋谷文泉閣